이라크의 작은 다리를 건너서

On a small bridge in Iraq

이라크의 작은 다리를 건너서

On a small bridge in Iraq

이케자와 나츠키 지음 양억관 옮김

여기에 이라크 사람들의 생활이 있다.

우리와 똑같은 지극히 평범한 인간의 생활이.

—사카모토 류이치

전쟁이 일어나면
어떤 사람들 머리 위로 폭탄이 떨어지는지,
그것을 알고 싶었다.

2001년 UN은 경제 제재에 의한 이라크 국민의

사망자 수가 150만으로 추정된다고 밝혔다.

그 가운데 62만 명이 다섯 살 이하의 어린이였다.

너무도 해맑은 사람들이다.
게다가 한없이 친절하다.

이 나라는 십몇 년 전의 상태에서 발전이 멈추어버렸다

식료품은 충분했고 질도 아주 좋았다.

작은 다리를 건넜을 때
전쟁의 구체적인 이미지가 선명히 다가왔다.

미국의 폭탄이 이 아이들을
죽일 수 있다는 명분은 어디에도 없다.

이라크에 가고 싶었다. 이라크에 가서 고대 유적을 보고 싶었다.

몇 년 전부터 나는 유적을 통해 바라본 문명론을 잡지에 연재하느라 세계 곳곳을 여행해왔다. 그 가운데에는 물론 메소포타미아 문명도 포함되어 있지만, 아쉽게도 여태껏 한 번도 다루지 못했다.

메소포타미아는 세계 4대 문명의 발상지 중 하나로, 현재 그 지역은 이라크 영토에 속해 있다. 거기만 가면 고대 수메르, 아시리아, 바빌로니아의 유적을 볼 수 있을 테지만, 이라크를 여행한다는 것은 현실적으로 쉽지 않은 일이었다. 걸프전쟁 이후 기본적으로 외국인을 받아들이지 않는다는 방침을 내세우고 있어 비자 받기가 쉽지 않을 것이라고 사람들은 말했다. 세계 곳곳을 상세하게 소개하는 여행 가이드 론니플래닛 시리즈에도 이라크 편은 빠져 있다. 중동 편에 약간 소개되어 있긴 하지만, 거기에도 이라크는 입국 자체가 어렵다고 되어 있다. 그렇다면 포기할 수밖에 없는 일이었다.

그러던 2002년 5월의 어느 날, 사실은 입국이 그리 어렵지 않다고 누군가가 얘기하는 것을 들었다. 몇 년 전과는 사정이 많이 달라진 모양이었다. 귀가 번쩍 뜨이는 반가운 소리였다. 당장 도쿄의 이라크 대사관을 찾아가 취재 목적을 설명했더니 비자를 받을 수 있다는 것이 아닌가.

여름 내내 유럽에서 바쁜 일들을 처리하느라 정신이 없었다. 어느새 가을이 되었다. 결국 파리에서 비자를 받아(유효기간이 3개월밖에 되지 않아 도쿄까지 가서 비자를 받으면 너무 늦다), 실제로 이라크로 향한 것은 10월 말이나 되어서였고, 바그다드에 도착한 것은 10월 29일 밤이었다.

아무리 유적 탐방이라는 비정치적인 목적이라지만 이라크를 방문하기에는 결코 좋은 시기가 아니었다. 미국 정부의 발언을 듣고 있노라면 내일이라도 침공을 개시할 것 같은 기세인데다, 이라크의 내부 사정은 또 어떻게 돌아가고 있는지 전혀 아는 게 없었다. 영국에서 2002년에 간행된 새로운 가이드북에는, 이라크 국민은 사담 후세인의 압제에 고통받고 있고 경제 제재로 식료품이 부족하며 국제 전화는 거의 불가능하다는 비관적인 내용만 가득 들어 있었다.

전쟁의 가능성을 생각한다면 분명 이라크 관광에 적합한 시기는 아니다. 그러나 미국의 공격 목표가 되고 있는 이런

24

위급한 시기이기에 더욱더 그 나라가 어떤 모습을 하고 있는지 알고 싶었다.

신문이나 텔레비전은 국제문제를 상세히 보도한다. 그러나 그 대부분은 각국 정부와 UN의 입장과 태도에 대한 이야기일 뿐이다. 그런 조직의 결정과 행위에 의해 실제로 피해를 입을 보통 사람들에 대해서는 거의 다루지 않는다. 결국 신문은 국제문제의 전문가라고 자칭하는 사람들의 독무대가 되고 만다. 전쟁이 그 땅에서 살아가는 사람들에게 어떤 의미를 가지는지, 신문과 텔레비전을 통해서는 도무지 알 길이 없다.

2001년 가을부터 아프가니스탄 공격에 대한 보도를 지켜보면서 나는, 그런 보도를 접하고 있는 '나'라는 인간이 도대체 무엇인지를 심각하게 생각해보았다. 나는 정치가도 아니고 외교관도 아니며 석유자본가도 아니다. 물론 군인도, 혁명 전사도 아니다. 전쟁에서 멀리 떨어져 있는 아주 평범한 사람들 중 하나이다.

물론 나 역시 석유를 대량으로 소비하는 나라에서 안락하게 살아가는 사람이라는 사실을 모르는 바는 아니다. 그리고 나는 세계경제 시스템의 은혜로 하루하루를 살아가는 몸이다. 빈부의 격차를 확대시켜 나가기만 하는 글로벌리즘의 문제점을 비판적

히라 근교의 마을과 우르크 유적을 관리하는 부자

으로 논하기는 하면서도, 그 시스템에서 벗어나 무인도에서 자급
자족의 생활을 하려 하지는 않는다. 무력을 배경으로 하는 미국의
정치·경제적 패권을 비판하는 문장을 쓰기만 할 뿐, 그 이상의 일
은 아무 것도 할 수 없는 몸이다.

그래도 나에게는 상상력이 있다. 2001년 늦가을에, 만일 내가 아
프가니스탄에서 태어났더라면 어떻게 되었을까 하는 생각을 해보
았다. 그때 내가 상정한 나의 모습은, 군벌의 지도자도 아니고 탈
레반의 간부도 아닌 보통의 시민이라는 신분, 즉 폭탄을 맞아야 하
는 몸이었다.

이라크에서 만일 전쟁이 일어난다면 어떤 사람들의 머리 위에 폭
탄이 떨어질지 알고 싶었다. 언론이 그런 사정을 전해주지 않으니
스스로 가보는 수밖에 없다고 생각했다.

밤늦게 바그다드에 도착하여 다음 날 아침에 거리로
나섰다. 의외로 평온한 분위기였다. 이제 곧 전쟁이 시작될지도 모
른다는 긴박감은 거리를 걸어다니면서도 전혀 느낄 수 없었다. 병
사도 군용차량도 보이지 않았고, 길가에 참호나 방어벽이 쌓인 것
도 볼 수 없었다. 피난훈련 사이렌도 울리지 않았다. 번화가의 풍
경은 여느 나라와 조금도 다를 바 없었다.

그로부터 2주에 걸쳐 이라크 국내를 북쪽의 모술에서 남쪽의 나시리야까지 둘러보았다.

다른 문명사회를 관찰할 때 나는 내 나름의 방법을 쓴다.

국가라는 제도의 목적을 생각해보자. 국가란 그곳에 사는 사람들의 생활의 토대가 되어야 한다. 안전하고 먹을 것이 충분하며 젊은 부부가 마음놓고 아기를 낳아 키울 수 있어야 한다. 어린아이가 무럭무럭 자랄 수 있고, 노인이 안락한 말년을 보낼 수 있어야 한다. 하고 싶은 말을 하고, 가고 싶은 곳을 마음대로 갈 수 있어야 한다. 그것을 제도로 보장하는 것이 국가의 가장 원초적인 역할이다.

그 가운데서 가장 살펴보기 쉬운 것이 보통사람들이 먹는 음식이다. 양과 질, 이것만은 절대로 속일 수 없다.

일본의 경우 양은 충분하다. 식량 자급률이 믿을 수 없을 정도로 낮은 데 비해, 양만은 충분하다. 그러나 질은 별로다. 가장 알기 쉬운 예를 들면, 슈퍼마켓의 채소는 생김새 하나는 미끈하지만 맛이 없다. 미국문화를 그냥 옮겨놓은 듯한 패스트푸드는 애당초 맛도 없는 놈에게 억지로 첨가물을 곁들여서 사람들의 눈과 혀를 속이는 그런 음식이다. 먹는 즐거움을 상업주의가 침범하고 있는 것이다.

같은 척도로 볼 때, 이라크의 사정은 너무 좋다. 식료품은 충분하고, 질도 최상이다.

나시리야의 시장에서

이라크에서 겪어본 레스토랑의 서비스에는 일정한 양식이 있었다. 식탁에 앉으면 우선 주문을 받는다. 그와 동시에 전채류가 식탁 위에 놓이기 시작한다. 너무 충실해서 황송할 정도이다. 렌즈콩 수프, 오이와 토마토를 가늘게 썰어놓은 샐러드, 요구르트 드레싱이나 토마토 드레싱을 얹은 마카로니 샐러드, 풋콩 샐러드, 참깨 페이스트, 가지 따위의 채소와 마늘을 볶은 것 등인데 접시가 커서 테이블이 넘쳐날 정도이다.

그 외에 소금에 절인 검은 올리브와 오이 피클이 한 접시 나오는 것이 보통이다. 피클도 커다란 놈으로 열 개는 나온다. 더 달라고 하면 얼마든지 준다.

이런 전채 요리와 호브스라는 얇고 둥그런 빵을 먹으면서 주요리가 나오기를 기다린다. 채소 요리는 가지나 콩, 감자를 토마토와 함께 삶아 내온다. 반 마리가 1인분인 로스트치킨이나 토마토를 넣은 양고기 스튜, 뭉텅뭉텅 잘라서 꿰어 구운 꼬치 요리에 밥이 한 접시 등 양도 많고 맛도 일품이다.

어디서 먹으나 맛있었고, 양이 많아서 한 번도 다 먹은 적이 없었다. 고급 레스토랑이 아니라, 국도를 달리다가 발견하게 되는 평범한 식당이나 지방도시의 허름한 식당들이 그러했다. 모자란다는 말을 하지 않게 하는 것이 아랍인의 미학이라고 하는데, 그 전통이 외식에서도 그대로 드러나고 있었다. 다 먹지 못해 남길 정도가 아니면 올바른 식사로 인정하지 않는 것 같다. 그 때문인지 성인 남자는 모두 배가 불룩한데, 그 모습이 또한 너무 잘 어울린다.

음식에 관한 한 이라크는 합격점이다. 참고로, 가장 맛없었던 곳은 수도 바그다드의 고급 호텔과 라시드 거리에 있는 관광객을 상대로 한 레스토랑이었다.

그러나 1991년부터 1994년까지는 식료품 부족으로 고생했다고 한다. 걸프전쟁 후 UN은 미국과 영국의 주도 아래 경제 제재라는 이름으로 금수조치를 취했다. 이라크는 산유국이기에 석유를 팔아 뭐든 사들일 수 있는 풍족한 나라임에도 불구하고, 수입이 제한되고 만 것이다. 1991년의 원유생산량은 전년도의 15%까지 떨어져 국내의 경제활동이 마비 상태에 빠지고 말았다.

식료품 부족은 말할 것도 없고, 의약품 수입 금지가 끼친 영향은 참으로 심각했다. 이 시기에 유아의 사망률이 다섯 배나 껑충 뛰었다고 한다. 아무 것도 아닌 폐렴만 걸려도 항생제가 없는 탓에 아이들은 그냥 죽어가야 했다.

나시리야의 시장. 닭은 한 마리에 약 1달러. 사진 속의 지폐 열 장이면 살 수 있다.

2001년 UN은 경제 제재에 의한 이라크의 사망자 수를 150만 명으로 추정하는 보고서를 발표했다. 이 가운데 62만 명이 다섯 살 이하의 어린이였다. 태어난 아이들 중 대체 몇 퍼센트나 무사히 자랄 수 있었을까? 나는 미국의 미사일이 하르툼의 제약공장을 파괴한 탓에 수많은 수단 사람들이 사소한 병으로 죽어 갔다는 이야기를 떠올렸다. 폭탄만이 사람을 죽이는 것은 아니다.

금수조치는 철저했다. 책이나 잡지, 편지지와 봉투, 관, 전구, 구두, 장난감, 자전거에 이르기까지 금수 리스트에 올라 있다. 지금도 영국에서는 이라크에 있는 친구에게 의약품을 보내려면 통상산업성의 수출허가를 받아야 한다. 게다가 그런 허가가 나는 경우는 거의 없다고 한다.

그런 고통스런 시절에도 사람들은 열심히 일했다. 1985년에 화이트칼라의 월급은 200달러 정도였다. 그러나 경제 제재를 받는 시절에 3달러까지 떨어졌다. 선생은 학교에서 학생들을 가르치고 퇴근한 다음 택시 운전으로 생계를 꾸려야 했다. 모든 사람이 호구지책에 떠밀려 건전한 가치관을 잃어버리고 말았다. 그래서 노인들은 흔히 그 시절에 자란 젊은이들에게는 인생의 목표도, 기개도 없다고 탄식한다.

몇 년 간 모든 것을 정지시켜버린 경제 제재는 이 나라에서 미래를 빼앗아버렸다. 구체적인 예를 들면, 학술잡지의 금수 조치는 이 나라를 세계의 지적 진보의 대열에서 탈락시켰다. 외부에서 강요한 쇄국이었다.

그러나 전 세계적으로 너무도 비인도적인 처사라는 비난이 일자, 1996년부터 석유와 식료품의 교환만은 인정하는 형식으로 제재가 완화되었다. 그러나 아직도 기계류나 자동차, 컴퓨터 등은 거의 들어오지 않고 있다. 국내를 여행하다 보면 이 나라가 전체적으로 십수 년 전의 상태에서 정지해 있다는 것을 알 수 있다. 예를 들면, 호텔의 엘리베이터는 너무 낡은데다 정비도 충분하지 않아 높은 층에 올라가 문이 열리면 10센티미터 정도나 간격이 떨어져 있어 내릴 때 발을 헛디딜 정도이다. 지방 호텔에서는 운행이 제멋대로여서 혹시 가다가 멈추지는 않을까 불안을 느낄 정도이다.

자동차는 더욱 심각하다. 거의 대부분이 달리는 것 자체가 믿어지지 않을 정도로 낡았다. 택시를 보면 앞 유리창이 온전한 경우가 거의 없고, 문은 안에서만 열린다. 탈 때는 운전사가 손을 뻗어 문을 열어준다. 공해대책을 고민하기 이전에 생산된 차량이라 바그다드 중심부는 매연으로 뿌옇다.

낡았을 뿐만 아니라 차종도 한정되어 있다. 예전에 수입이 정부

나시리야의 이발소

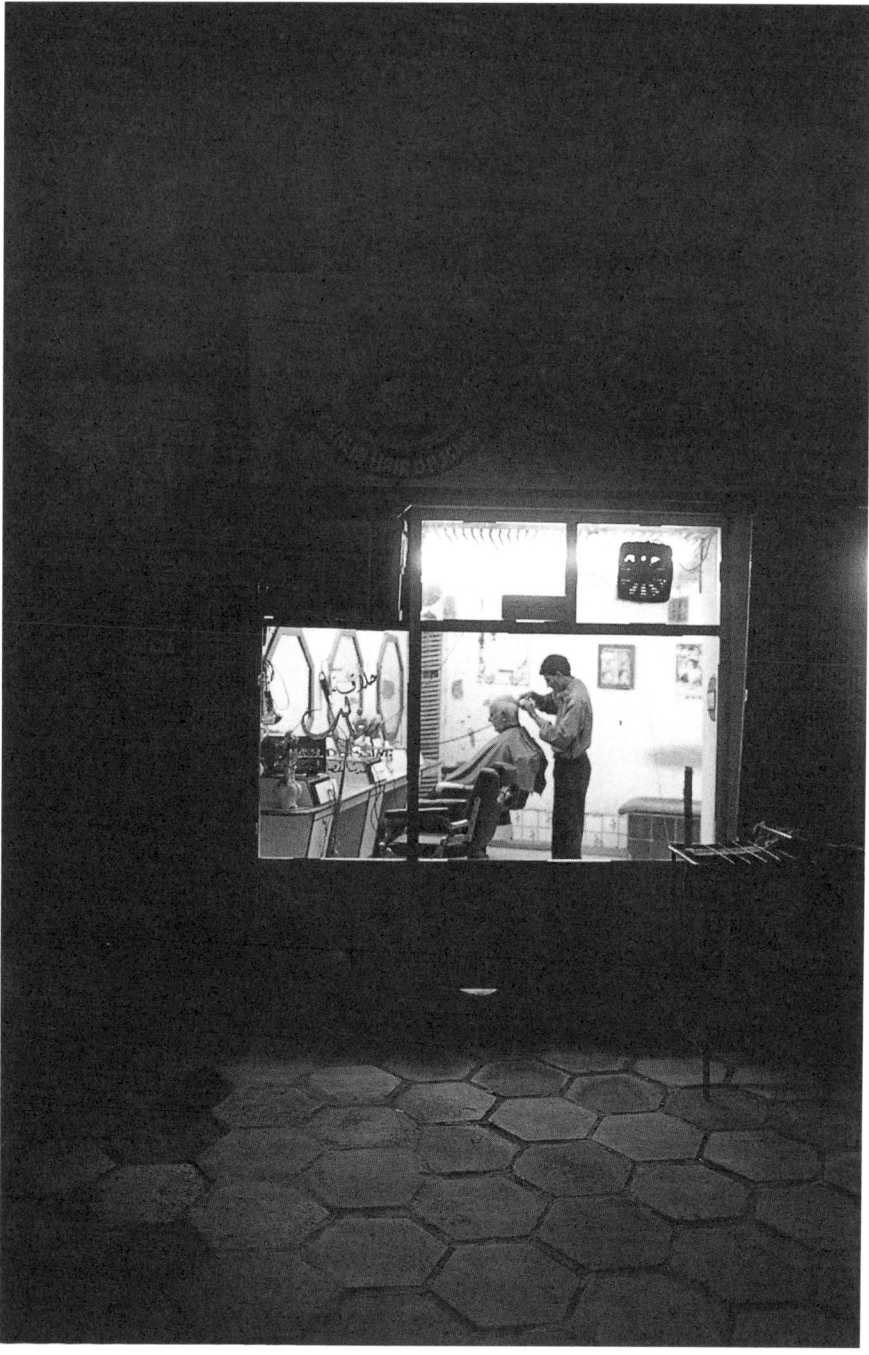

주도로 일괄적으로 추진되었기 때문일 것이다. 가장 많이 보이는 차종은 브라질산 폴크스바겐 파사트. 개중에는 러시아제 모스코비치도 있다. 간혹 새 차도 보이고, 중국제 이층 버스도 다니기도 하지만, 비슷할 정도로 번잡한 이웃나라 요르단의 수도 암만의 바스만 거리에 비하면 바그다드의 사둔 거리는 상대가 되지 않는다.

거리의 모습은 바그다드와 암만이 별다를 바 없다. 가게에서 팔고 있는 잡화의 종류나 질도 그리 다르지 않다. 그런 물품은 유통이 비교적 잘되고 있는 것 같다.

도시의 분위기는 어떨까? 지금 전 세계의 신문이 이라크에 대해 보도하고 있고, 그 내용의 대부분이 사찰과 개전 시기에 관한 것이라 이라크 국내도 전쟁준비로 소연할 것이라고 생각하기 십상이다. 나도 그런 선입견을 가지고 있었다.

또한 사담 후세인과 바트당의 폭력적인 지배기구 아래 국민들은 신음하고 있다는 정보가 머리에 가득 들어 있었다. 상호감시와 밀고를 장려하는 사회라면 전체적으로 냉랭한 공기에 휩싸여 있지 않을까, 외국인이 말을 걸면 뒷걸음치지 않을까, 주위 사람들의 시선을 의식하지 않을까 생각하고 있었다.

그러나 전혀 그렇지 않았다. 오히려 그들 쪽에서 말을 걸어왔다.

잘 왔다고 악수를 청하면서 능숙하지 않은 영어로 어디서 왔느냐고, 이라크가 좋지 않느냐고 인사하면서 자신을 소개하고 내 이름을 물었다. 영어는 장려되고 있는 것 같았다. 모술의 대학 앞에서 유창한 영어로 컴퓨터 엔지니어가 꿈이라 말하는 대학생과 이야기를 나누고, 헤어질 때 서로 편지를 주고받자는 약속도 했다.

걸릴 것 없이 낯선 이에게 친절한 실로 해맑은 사람들. 게다가 무서울 정도로 친절하다. 이란-이라크 전쟁에서 걸프전쟁을 거쳐 경제 제재로 고통받고 있고, 지금 또 전쟁의 위험 앞에 놓인 사람들. 그래도 먹을 것은 충분하고, 일자리가 있고, 세상 이야기를 주고받을 이웃을 가진 사람들. 아직까지는 별문제 없이 평온한 일상생활을 보내고 있다. 우리의 선입견과는 달리 느긋하고 밝게 살아가는 그런 모습이 인상적이다.

천성적으로 밝은 성격 때문일까. 생각이 그냥 표정에 드러나고 말이 되어 나온다. 외국인 앞이라서 그런 것도 아니다. 자세히 살펴보면 그들끼리도 처음 만나는 사람에게 가볍게 말을 걸고, 금방 친해진다. 사람과 사람 사이의 벽이 없다. 바그다드의 거리에는 지금 우리가 사는 도시에 떠도는 그런 차가운 공기는 찾아볼 수 없다. 지방 도시로 가면 더욱 개방적이다. 나라 전체가 시골

잡화를 파는 모술의 노점상

이라 해도 될 정도이지만, 내게는 너무 매력적이고 좋아 보인다.

여자들은 어디 있을까?

여성이 사회 활동을 얼마나 적극적으로 하는지를 척도로 그 나라의 근대화를 얘기하는 것은 하나의 편법에 지나지 않는다. 서방측의 편견이라고 해도 좋을 것이다. 그러나 나 또한 외국인에 불과한지라, 그런 척도로 한번 보기로 했다.

거리에는 여자의 모습이 넘쳐났다. 사우디아라비아의 여인들처럼 얼굴을 가리지도, 이란의 여인들처럼 천으로 머리카락을 감싸지도 않은 모습이었다.(이란의 경우는 일고여덟 살만 넘으면 한 사람의 예외도 없이 철저하게 머리카락을 감춘다.) 정확히 말하자면, 얼굴을 가린 여자는 남부에서 몇 명 발견한 것이 전부이다. 머리카락을 감싼 경우는 반반 정도라고나 할까. 모술 대학의 여학생 중 80%는 머리카락을 드러내고 있었다.

나시리야의 시끌벅적한 시장을 둘러보자니, 물건을 사는 손님 중 40%가 여성이고, 상인의 30%가 여성이었다. 모두 활기차게 거래를 하고 있었다. 여자는 바깥으로 나가서는 안 된다는 규칙이 없는 것이다. 관청에서도 여성의 모습을 찾아볼 수 있다. 공보부 안에는 영어 일간지를 발행하는 부서가 있는데, 그곳은 편집장 이하 모두

가 여성이라고 한다. 여성에게는 자동차 운전도 시키지 않는다는 사우디아라비아와는 너무 다르다.

온몸을 검은 천으로 두르고, 아바세라는 옷을 입은 여성의 수는 적지 않다. 나시리야의 시장에서 본 여성의 반 정도는 검은 복장이었다.

복장은 원래가 보수적이다. 전통적인 의상을 버리고 새로운 것을 몸에 두르는 데는 상당한 용기가 필요하다. 아마도 지금 이라크 여성들은 입는 것을 바꾸어가는 과정에 놓여 있는 것 같다. 도회지일수록, 젊은 사람일수록, 서구화되어가고 있다.

의복을 비롯한 민족 고유의 문화에 대해서는 외부인이 함부로 뭐라고 말할 수 있는 것이 아니다. 서구나 일본의 경우, 자주 바뀌는 유행을 따라잡느라 가치관은 엉망으로 얽혀 있다. 그러다 보니 자원의 낭비가 심하다. 개인의 취향이 자본의 논리에 침식당하고 있는 것이다.

이라크 여성들은 사회에 나가 활동할 수 있다. 그러나 가정에서는 격리되어 있다. 이라크에 머무는 동안 가정집에 세 번 초대받았다. 정성어린 대접을 받았지만, 그 집안의 여성을 본 적은 없다.

그래서 집에는 거실과는 다른 손님방이 있다. 바그다드에서, 유

바그다드. 무타나비 지구에서 휴일마다 열리는 고서점

프라테스 강변에서, 우르크의 유적지에서 손님방에 차를 나르는 사람은 그 집안의 소년이었다. 초대의 답례로 전 가족과 기념촬영을 할 때도 집 앞에 늘어서는 사람은 남자들뿐이었다. 안쪽에서 웃으며 이야기를 나누는 소리가 들렸지만, 여성들은 결코 나에게 얼굴을 내밀려 하지 않았다.

집 바깥에서는 다르다. 나자프에서 남쪽으로 향하는 길에 벼를 수확하고 있는 여자들을 만났다. 그들은 기꺼이 사진 촬영에 응해주었다. 나시리야의 시장에서도 사진을 찍고 싶은 욕망과 수줍음 사이를 오가며 망설이는 젊은 아가씨를 볼 수 있었다. 그러나 집안에서는 전혀 다른 기준이 적용되고 있었고, 가부장제가 엄연히 자리하고 있었다.

의복의 보수성에 대해 덧붙이자면, 히라에서 보았던 신부는 서양식 하얀 드레스를 입고 있었다. 여름에 갔던 터키의 시골에서도 똑같은 모습을 보았다. 보수적인 사회의 여성들이 일생에 단 한 번 낯설고 먼 서양 문화를 몸에 두르는 때가 바로 결혼식일지도 모른다는 생각이 들었다.

사찰을 둘러싼 안보리의 협상이 뉴스로 나오고 있지만, 그래도 수도 바그다드의 시가지는 평온하다.

보도를 관할하는 공보부에 갔을 때, 입구로 들어가 8층에 있는 담당자의 방까지 이르는 동안 한 번도 검문을 받지 않았다. 방의 위치는 사전에 전화로 알아두었다.

유적을 살펴보기 위해서 북에서 남으로 총 1600킬로미터의 이라크 국내를 돌아보는 과정에서 몇 군데의 검문소를 통과했지만, 실제로 검문을 받은 적은 없었다. 사진 촬영도, 우르의 유적 바로 곁에 있는 군사시설과 바빌론 유적 바로 곁에 있는 요인의 숙박시설에서만 제지당했을 따름이다.

여기서 이번 여행의 성격을 밝혀두는 것이 좋겠다. 이것은 나 자신이 기획한 취재여행이었으므로 가야 할 곳, 보아야 할 것, 이야기를 듣는 상대 등 모든 것을 내 스스로 결정했다. 내가 손에 넣은 것은 기자비자였기에 공보부에서 붙여준 통역관 한 명이 늘 따라다녔다. 취재 교섭도 해주고, 봐야 할 곳을 조언하는 그 관점도 예리해서 많은 도움이 되었다.

그에게는 감시역이라는 임무도 있었을 테지만, 그야말로 적당주의로 일관했다. 가령, 바그다드에서 오전에 박물관에 갔다고 하자. 오후 이른 시간에 박물관을 나와 호텔로 돌아와서 '오늘은 끝'이라고 하면 그냥 돌아가버린다. 그 후에 내가 어디를 가든 아무런 제약도 없다. 그것을 이용하여 반정부 활동가를 만날 정도의 기자 정

나자프의 모스크. 장례식에서 관을 나르는 사람들

신도, 현지 정보도 내게는 없었지만, 호텔을 나와서 택시를 잡아타는 건 너무도 간단했다.

이라크 사정으로 이야기를 돌리자. 앞에서 말한 것처럼, UN에서의 격렬한 논의와 각국의 반전 데모 소식이 정부가 발행하는 신문을 통해 영어와 아랍어로 보도된다. 전체적으로 이라크 정부의 입장에서 편집한 것이므로 언론의 독립성은 전혀 없다 할 것이다.

호텔의 텔레비전은 국영방송의 채널 두 개와, 무슨 영문인지, 디스커버리 채널을 보여주었다. BBC와 CNN, 그리고 독일의 DW와 프랑스의 TV5, 이탈리아의 RAI, 알 자지라, 그리고 사우디아라비아와 이집트와 이라크의 방송을 모두 볼 수 있는 암만의 상황에 비하면 너무 초라하다.

서방측 미디어는 사담 후세인 대통령과 그가 이끄는 바트당이 국민 위에 군림하면서 압정을 한다고 전한다. 여기에 대해서는 개인적인 판단을 유보하기로 하겠다. 히틀러 시대의 독일이나 제2차 세계대전 때의 일본, 스탈린 지배하의 소련, 또는 매카시즘 선풍이 불던 시절의 미국, 현재의 북한이나 사우디아라비아와 비교해서 이라크 사회가 더 억압이 심한지 느슨한지, 나로서는 알 길이 없다.

그러나 이것만은 말할 수 있다. 이 가을에 이라크는 대통령 신임투표를 행했다. 그리고 국민의 100%가 사담 후세인을 지지했다고 한다. 이 결과에 대해 서방측 미디어들은 그것이 바로 독재의 징표라고 조소했다.

　　나는 이라크에서 만난 한 지식인 A씨에게 이 문제에 대해 물어보았다. 나를 계속 따라다니던 공보부의 통역관은 때마침 그 자리에 없었다. A씨는 이라크인의 몇 퍼센트는 사담 후세인 체제에 반대하고 있을 것이라고 말했다. 그러나 미국이 전쟁을 걸어오는 이시기에 지도자를 바꿀 수는 없다. 이 나라의 국민에게도 자부심이 있어 무기로 위협하면 당연히 반발한다. 100%의 지지는 지금 이나라의 분위기를 나타내는 숫자라고 그는 말했다.

　　미디어에는 나름대로의 척도가 있다. 선진국 미디어가 개발도상국을 바라보면 너무 많은 약점이 드러나게 마련이다. 즉, 자신이 살아가는 사회의 가치관을 기준으로 삼아, 그 나라에는 이런 게 모자란다는 식의 논법을 구사한다. 신임투표의 결과가 100%라고 하면, 국민이 모두 강제적으로 투표를 했기 때문일 것이라고 판단한다.

　　이 나라에 언론의 자유가 없는 것만은 분명하다. 또한 후세인과 바트당이 정권 유지를 위해 숙청과 탄압을 거듭한다는 것 또한 사실일 것이다. 소수의견을 존중하는 것을 민주주의의 기본원리 중

모술. 이슬람교 성자의 묘를 지키는 남자

하나라고 한다면, 이라크는 민주주의 국가가 아니다. 그러나 그것은 어디까지나 이라크 국민의 문제이지 다른 나라가 무력으로 시정해야 할 문제는 아니다. 봉건영주가 그대로 살아 있는 사우디아라비아의 체제나 아랍계 국민의 권리를 유린하는 이스라엘 정부를 인정하면서 사담 후세인 정부를 비난하는 것은 공정하지 않은 처사이다.

또한 이라크에 대한 서방측 미디어의 보도에는 내셔널리즘이라는 중요한 요소가 결여되어 있다. 이라크 국민은 지금의 위기를 넘어서기 위해 원하든 원하지 않든 사담 후세인에게 모든 것을 걸고 지지를 표명한 것이다. 그것은 그 나라 국민들의 판단으로 존중되어야 한다.

나는 내셔널리즘을 좋아하지 않는다. 이 사상은 한 나라를 하나로 똘똘 뭉치게 하는 강력한 힘을 발휘하는 반면, 이성보다는 감정에 호소하여 냉정한 판단력을 흐리게 만든다. 아무런 의미도 없는 적개심을 조장하기도 한다. 그러나 바깥에서 다가오는 위협에 직면한 나라가 국가의 틀 자체가 무너질 위기에 처했을 때, 내셔널리즘으로 국민을 결속시켜 저항력을 높이는 것은 당연한 일인지도 모른다. 부시 대통령은 9·11로 인기를 회복했고, 고이즈미 수상은 북한에 납치된 일본인 문제로 위기에서 벗어나지 않았던가.

경제 제재로 생활이 어려울 때, 이라크 국민은 그 고난의 이유를 찾아보았을 것이다. 그리고 미국을 비롯한 서방 측 나라들이 자신들을 괴롭힌다고 생각했음에 틀림없다. 항생제의 수입이 금지되어 자신의 아들이 죽어가는 모습을 그냥 지켜보아야만 했던 62만의 어머니들은 자국의 대통령보다는 미국을 원망했을 것이다. 경제 제재는 결과적으로 이라크 국민을 하나로 뭉치게 했고, 위정자의 입장을 강화시켜주었다. 서방측의 전략은 역효과를 내고 만 것이다.

사담 후세인의 지배가 오래 지속되는 이유를 압정에서만 찾는 것은 잘못이다. 좋건 나쁘건 그는 정치가로서 뛰어난 사람이다. 거기에는 두 가지 측면이 있는데, 하나는 국제적인 상황 속에서 이라크라는 나라의 방침을 결정하는 사상이며, 또 하나는 그 사상으로 이라크 국민을 이끌어가는 지도력과 통솔력이다. 전자에서 그는 낫세르를 모범으로 삼아, 서방의 영향력을 배제하면서 아랍에 근대적인 국가를 설립한다는 목표를 세웠다. 후자의 측면에서 그는, 낫세르의 실패 이유를 유능한 관리의 부족으로 생각하고 바트당을 강화했다.

그는 정치가에게 가장 필요한 것은 카리스마적 매력이라는 것을 너무 잘 알고 있었다. 온 나라에 자신의 초상화를 걸게 하고, 신문

바그다드. 〈싸움의 어머니〉 모스크에 모여 설법을 듣는 사람들

이나 텔레비전에도 자주 나왔다. 초상화에는 푸근한 미소를 머금은 자애로운 아버지 상에서부터 서양의 신사, 아랍의 전사까지 많은 버전이 있는데, 그 가운데는 서부극의 주인공 같은 모습도 있다. 그의 상대가 텍사스 출신의 부시라는 사실을 생각하면 좀 우스꽝스럽기도 하다. 또한 그는 탤런트처럼 미디어를 이용하는 테크닉을 서방에서 배우기도 했다.

그런 사담 후세인을 국민들은 지지하고 있다.

그렇다고 해서 그 국민을 폭탄과 미사일로 죽일 수는 없다.

지금 사태를 미국의 이해관계라는 관점에서 보면, 모든 것이 명쾌하게 드러난다. 미국을 움직이고 있는 원리는 중동의 에너지 자원의 확보와 이스라엘의 존속이다. 그러기 위해서는 아랍권을 하나로 뭉치게 할 만한 지도적인 나라가 생겨나게 해서는 안 된다. 그래서 이란에 호메이니가 등장했을 때는 이라크를 선동하여 이란을 쳐부수려 했다. 그러나 이라크가 너무 강해져도 안 된다. 그래서 걸프전쟁으로 끌어들여 사담 후세인 정권의 힘을 빼앗고, 이제는 대량살상무기를 핑계로, 무력으로 그 정권을 무너뜨리려 하고 있다. 이스라엘이 핵무기를 보유하고 있다는 것은 누구나 다 아는 상식이 되었지만, 일본을 포함한 서방은 거기에 대해서는 입도 벙긋하지 않는다. 이런 상황 속에서 또다시 몇십 만의 이라크 국민이

목숨을 잃을 위기를 맞게 되었다.

앞에서 말한 A씨는, 사담 후세인은 두 가지 큰 잘못을 저질렀다고 했다. 하나는 이란-이라크 전쟁이다. 그것은 서방의 첨병 노릇을 한 전쟁이었다. 또 하나는 걸프전쟁. 이것은 함정에 걸려든 것이다.

A씨는 자신의 반평생을 돌이켜보면, 자아형성에 힘을 쏟아야 할 가장 중요한 십 년의 세월을 전쟁과 경제 제재 때문에 헛되이 보내고 말았다고 했다. 그렇지 않았더라면 지금과는 다른 자신이 되어 있을 것이라고, 이제 다시 전쟁이 벌어질 위기에 처하긴 했지만 그럭저럭 참고 살다보면 몇십 년 후에는 미국의 호전적인 인간들도 힘을 잃고 평화로운 세월이 찾아올 것이라고, 자식 세대에 밝은 미래가 보장된다면 더 바랄 것이 없겠다고 말이다.

그 이야기를 들으면서, 과연 전란이란 수많은 재능을 무(無)로 돌리고 만다는 생각이 들었다. 인생에는 다양한 핸디캡이 있지만, 지금 우리들은 국제정치나 전쟁이 자신의 인생에서 핸디캡이 될 수 있다는 사실을 상상도 하지 못한다.

그렇다면 그들 이라크인에게 전쟁이란 어떤 현실일까? 왜 바그다드 시내도 지방의 도시도 그렇게 평온해 보일까? 전쟁 준비를 전

〈싸움의 어머니〉 모스크에 들어가지 못하고 바깥에서 설법을 듣는 사람들

혀 하지 않는 것은 아니다. 정부는 3개월 전부터 식료품의 배급량을 두 배로 늘리고, 각 가정에서 충분히 식량을 비축해두도록 권장하고 있다. 만일 전쟁이 벌어지면 공격하게 될 미군의 군사력은 압도적으로 강하다. 이라크에는 제공권이 없다. 간단히 말해 총알을 맞아야만 하는 입장이다. 그들이 쏘아 올리는 대공포는 아무런 의미도 없다.

그러므로 전쟁이 벌어지면 유통경로가 끊어져 식료품 보급이 불가능해질 수도 있다고·보고, 미리 배급을 서두르고 있는 것이다. 그렇다면 물은? 물은 비축해둘 수 없다. 수도 시설이 파괴되면 도시의 시민들은 어떻게 물을 구해야 할까? 인프라를 잃은 사회가 어떻게 살아남을 수 있을까? 주민의 몇 퍼센트가 죽게 되는 것일까?

경제 제재 하나만으로도 수많은 어린이를 죽였다. 그것은 제재라는 이름의 제노사이드(genocide : 인종차별에 기초한 대량학살 —역자 주)라고 비판하는 사람도 있었다. 전쟁은 보다 직접적인 파괴이다. 걸프전쟁에서 미국은 수백 톤의 열화우라늄탄을 터뜨렸다. 이라크 남부에는 방사선 후유증으로 고생하는 어린이와 어른이 많다. 그런 의미에서 그것은 히로시마, 나가사키에 이은 핵전쟁이었다고 할 수 있다.

전쟁이 일어나면 다른 곳으로 피해봐야 거기서 또 무슨 일이 벌어질지 모르니, 차라리 이웃사람들과 서로 도우며 사는 것이 좋다고 말하는 사람이 많았다. 이라크 사회의 인간 관계를 생각해볼 때, 이웃과 서로 도우며 사는 게 낫다는 그 말에는 깊은 뜻이 감추어져 있다는 느낌이 들었다.

　바그다드에서 400킬로미터 정도 북쪽에 위치한 모술에서 미국 단체 관광객을 만났다. 지금의 이라크 정부는 석유를 팔아 외화를 벌면 된다는 사고방식에 젖어 있어서 관광객 유치에 그리 열성을 보이지 않는다. 그런 나라지만 다섯 명 이상만 되면 자유롭게 유적지를 둘러볼 수 있다. 그러나 미국에서 온 관광객이라니, 내게는 참으로 의외였다. 열 명이 넘는 중년 단체 관광객인 것으로 보아 필시 열렬한 고고학 팬일 것이다.

　그들을 안내하는 가이드에게 물어보았다. 8일에 걸쳐 남쪽 바스라에서 북쪽 모술까지 둘러보았고, 오늘 육로로 시리아로 갔다가 레바논에서 귀국할 예정이라고 했다.

　이런 시기에 미국인이 들어오다니 의외라고 내가 말하자, 이란에서 육로로 입국했는데, 국경에서 이라크는 무섭다며 오지 않겠다는 남자가 하나 있었다고 그는 말했다. 다행히 이들 가운데 이전에 이라크에 와본 적이 있는 사람이 세 명 있어서, 절대로 무서운 나라가 아니니 괜찮다고 설득하여 모두 이라크에 들어왔고, 그 남자도 이제는 유적을 보면서 즐거워하고 있다는 것이다.

과연 그들은 미국으로 돌아가서 이 나라의 인상을 어떻게 주위 사람들에게 전할까? 미국에는 분명 이라크 방문을 금지하는 법률이 있다. 위반한 자는 백만 달러의 벌금 및 12년의 징역형에 처한다고 되어 있지 않았던가. 실제로 그 법률에 의해 처벌을 받은 사람은 없었다고 하지만 말이다.

우르에서도 프랑스인 단체 관광객을 보았다. 전쟁의 위험보다는 유적의 매력이 더 크다고 생각하는 사람은 비단 나뿐만은 아닌 것 같다.

이라크의 남부에 있는 우르의 유적을 보기 위해 나시리야에서 하루를 자고 바그다드로 돌아오는 도중에 묘한 일이 있었다. 국도를 달리는 내 차로부터 몇 킬로미터 떨어진 곳에서 갑자기 지대공 미사일이 발사되었던 것이다. 미사일은 굉음을 내면서 하늘로 솟구쳐 하얀 연기를 뿜으며 파란 하늘을 한참 달리다가 사라져버렸다. 공중에서 폭발음이 들리지 않는 것으로 보아 명중하지 않은 모양이다.

하늘을 나는 비행기는 없었던 것 같은데, 달리는 차의 좁은 창에

모술 유원지의 소녀들과 가족끼리 성지를 방문하고 돌아가는 아이

서 보았으니 실제로 무슨 일이 있었는지는 확실치 않다. 차를 세워 바깥으로 나갈 수도 없었다. 여기서 미사일이 발사되었으니 반격 미사일이 언제 어디서 날아올지 모른다. 이런 데서 오래 어슬렁거리다가는 무슨 꼴을 당할지 모른다는 생각에 우리는 그냥 줄행랑을 쳤다.

왜 미사일이 발사되었을까? 그것은 아무런 의미도 없는 헛된 짓일 뿐만 아니라 상대의 도발을 부추길 가능성이 있는 위험한 행위이다. 그래서 나의 의문은 더 컸다.

그 곳은 샤트라 시에서 가까운 곳으로 미국과 영국이 제멋대로 설정한 이른바 비행금지구역에 속한다. 이라크 국토의 반 이상을 점하는 이 지역내의 목표에 대해 미국과 영국은 1991년 이후로 빈번하게 폭격과 미사일 공격을 가했다. 1999년까지 통계를 보면, 6천 번 출격하여 450군데의 시설을 파괴했다고 한다. 2백 대의 군용기와 19척의 함정, 2만2천 명의 병사가 그 작전에 참가했다. 미국의 고관은 '더 이상 파괴할 군사시설도 없으며, 놈들의 야외 화장실까지 모두 파괴해버렸다'고 호언장담했다. 그 정도로 일방적인 전쟁이었다.

이라크 국토의 절반은 사막이다. 사하라처럼 사구(砂丘)가 이어지는 사막이 아니라, 그냥 편평할 뿐인 사막이다. 나는 북쪽에서 남쪽으로 달리면서 늘 지평선을 보았다. 산이 없다. 계곡도 없다. 정찰위성이 발달하여 위에서 모든 것을 살펴볼 수 있는 시대에, 거기에다 제공권이 없어 미국과 영국의 비행기가 마음대로 날아다니는 나라에서 산에다 참호를 팔 수도 없다면, 대체 어디에다 무기를 감출 수 있단 말인가(이건 대량살상무기를 두고 하는 말이 아니다).

이라크에서 군기지 앞을 몇 번이나 지나가보았지만, 바깥에서 볼 때에는 그냥 텅 빈 공간처럼 느껴졌다. 전차가 지나가는 모습을 보긴 했지만, 아마추어의 눈에도 고대의 유물처럼 보이는 고물이었다. 그들이 쏘아올린 그 미사일도 마찬가지가 아닐까. 무엇을 향해 쏘아올리긴 했지만 그건 자기만족이거나, 좀더 심하게 말하자면 하나의 상징적인 행위에 지나지 않을 것이다.

만일 본격적인 전쟁이 시작된다면, 이라크라는 나라는 제대로 반격 한번 해보지 못하고 무너져버릴 것이다. 얼마나 많은 시설이 파괴되고, 또 얼마나 많은 사람이 죽어야 그들은 전쟁을 멈출 것인가. 전쟁의 종식을 선언하는 사람은 과연 누구인가.

여행을 하면서 내가 보고 만난 도시와 마을, 그리고 사람들. 이라크는 너무도 평범한 나라였다. 나는 중근동에서 이란과 요르단, 이스라엘과 이집트와 터키를 보았다. 이라크의 거리 풍경은 그런 나라와 그리 다르지 않았다. 유럽을 염두에 둔다면, 이란이나 요르단을 특수한 나라라고 할 수 있을지 모르겠지만, 이슬람 국가 가운데서 이라크가 특별하다는 인상은 전혀 없었다.

이라크 사회에서 여행자의 눈길을 끄는 측면이 전혀 없는 건 아니다. 예를 들면 돈이다. 지폐라고는 사담 후세인의 얼굴이 그려진 액면가 250디나르 한 종류뿐이다. 이 한 장이 160원 정도 된다. 예를 들어, 20달러를 환전하면 이 지폐가 136장 손에 들어온다. 백 장 짜리 돈 다발 하나와 서른여섯 장의 지폐.

택시에는 미터기가 없다. 모든 것이 흥정이다. 고물 차에다 기사가 영어를 잘 못하면, 가장 가까운 곳까지 가는데 500디나르. 즉, 지폐 두 장이다. 같은 거리라도 호텔 앞에서 진을 치고 외국인 손님을 노리는 좀 괜찮은 차에 기사가 영어를 하는 경우는 열두 장을 주어야 한다. 바그다드에 도착한 다음날부터 나는 디나르 단위로 헤아리지 않고 몇 장을 주어야 하는지로 계산했다.

시장에 가면 사람들은 한결같이 돈 다발을 몇 개씩 들고 다닌다. 예를 들어, 마흔일곱 장을 세어 건네주어도 상대는 세어보지도 않는다. 백 장을 묶은 한 다발에는 은행의 도장이 찍혀 있는데, 그 다발은 묶인 채로 사용된다. 5천이나 만 디나르의 지폐를 만들면 될 텐데 하고 생각할 수도 있겠지만, 그런 사고방식 자체가 없다.

70

물가는 매우 싸다. 무서울 정도로 싸다. 앞에서 소개한 레스토랑에서 그렇게 멋진 식사를 하고도 여섯 장에서 여덟 장, 즉 1달러로 족했다. 외국인 입장에서 보면 거의 삼십 년 전의 가격이다. 시장에서 팔고 있는 팔팔한 닭 한 마리가 1달러 정도. 평균적인 소득으로 계산해볼 필요도 없이, 음식이나 잡화가 전국적으로 유통되고 있다는 것은 서민들이 쉽게 그것들을 살 수 있음을 말해준다. 누구든 가벼운 마음으로 닭 한 마리를 사서 가족끼리 둘러앉아 먹을 수 있다는 말이다.

검열이 어느 정도 엄격한지는 모른다. 내가 체험한 유일한 예가 호텔에서 팩스를 보낼 때, 복사한 사본 한 부를 호텔에 제출하는 것이었다. 이것은 단순히 기록을 위한 것일 뿐, 다른 용도로 쓰는 것은 아니라고 팩스용지에 기록되어 있었다. 내가 아내에게 보내려고 개발새발로 그려 놓은 일본어를 앞에 두고 땀을 뻘뻘 흘리며 해독하려 애쓰는 비밀 경찰의 모습을 상상하는 건 즐거운 일이지만, 실제로 그런 일은 없을 것이다. 그냥 서랍에 넣어둘 뿐일 것이다. 만에 하나 내가 반정부 활동의 요원으로 지목되는 날에는, 그 사본이 중요한 의미를 가지게 되겠지만 말이다.

한 책방에서 오사마 빈 라덴의 전기를 발견했다. 아랍어로 쓰여

강에 배를 띄우고 노는 아이들과 바빌론 유적지에 소풍을 나온 아이들

진 것인데, 그 얼굴이 표지에 크게 나와 있어 금방 알 수 있었다. 공보부의 통역관에게 물어보니, 이 나라에서는 어떤 책이라도 자유롭게 팔 수 있다고 했다.(설마 『사담 후세인의 죄와 벌』 같은 책이 진열될 리야 없겠지.)

이라크 정부는 오사마 빈 라덴을 강하게 비난한다. 알 카에다와 이라크 정부가 내통하고 있다는 미국의 주장에는 전혀 근거가 없다. 무자혜딘이라는 이슬람 계통의 게릴라 전사의 활동을 용인하는 아랍국은 극소수이지만, 이라크는 거기에 속하지 않는다. 무자혜딘의 활동을 인정하면 언제 공격의 화살이 이라크 정부에게 날아올지도 모른다는 것을 알기 때문일 것이다.

국가제도를 파괴하는 모든 사람은 사담 후세인의 적이다. 그러므로 같은 이슬람교도인 체첸 독립운동에도 반대하면서, 그들을 무력으로 탄압하는 러시아 정부를 지지하는 것이다.

그렇다고 오사마 빈 라덴의 전기를 파는 것마저 금하지는 않는다. 그 전기가 어떤 관점으로 서술되어 있는지는 모르겠지만, 아랍권에서 그의 인기를 감안하면 설령 비판적인 내용이라 하더라도 신봉자를 만들어낼지도 모른다. 그 정도는 묵인할 수 있다는 자세로 보인다. 현 정부는 내정에 대해서는 그만큼 자신을 가지고 있는 것이다.

보통의 여행자로서 갔기 때문에 일상적인 것만 눈에 들어오는 것이 당연하지만, 이라크 사람들의 일상적인 모습은 나에게 정말 강한 인상을 심어주었다. 이 사람들의 머리 위에 폭탄이 떨어진다는 것은 너무도 심각한 모순이라는 생각이 들었다.

바그다드의 번화가 라시드 거리 서쪽에 무타나비라는 지역이 있다. 무타나비는 16세기에 살았던 한 시인의 이름이다. 휴일이 되면 여기에 고서 시장이 형성된다. 좁다란 골목길 양쪽 길바닥에 책이 진열되고, 책을 사러 온 사람은 길을 가다가 눈길을 끄는 책이 있으면 쭈그리고 앉아 책을 집는다. 가격을 묻고, 약간 깎은 다음 즐겁게 책을 들고 간다.

어느 나라건 책을 좋아하는 사람은 마찬가지라는 생각을 하면서 나도 천천히 책을 살펴보았다. 아랍권에서는, 책을 쓰는 사람은 이집트인, 인쇄하는 사람은 레바논인, 사는 사람은 이라크인이라는 말이 있다고 하는데 실제로 그곳에 모여드는 독서인들의 열기는 대단했다. 물론 대부분이 아랍어로 된 책이고, 개중에는 선정적인 표지의 소설 같은 것도 있었다. 영어책은 대학 교과서가 많았는데, 셰익스피어, 디킨즈, 포크너 등도 있었다.

유프라테스 강변에서 살아가는 대가족. 여자는 바깥으로 나오지 않았다

이 고서시장에서 일본어 책을 한 권 발견했다. 다카하시 히데히코(高橋英彦)가 쓴 이라크 체류기로, 이십 년 전에 발간된 것이었다. 이라크인의 생활이나 유적, 문화에 대해 상세하게 기술되어 있어 내게는 유익할 것 같아 값도 깎지 않고 샀다. 책 시장의 기능은 필요한 책을 원하는 사람에게 전해주는 것이다. 일본어를 아는 누군가가 이 거리를 떠나면서 이 책을 던졌고, 시장은 그것을 내 손으로 옮겨주었다.

나는 이런 이라크인들의 문화적 감성에 공감을 느낀다. 다른 예를 들면, 북방의 유적지 하트라에서 아주 신중한 자세로 돌을 깎고 있던 늙은 석공을 보았다. 그는 이 유적을 보수하는 원대한 사업에 참가한 사람으로, 돌의 한 면을 평평하게 깎고 있었다. 조금 깎고는 사랑스런 손길로 표면을 쓰다듬어보고는 다시 천천히 정과 망치를 움직이고 있었다. 그의 눈길에는 닥쳐올 전쟁의 그림자는 없었다. 그의 눈에는 오로지 새롭게 위용을 드러낼 미래의 이 유적의 모습만이 비칠 뿐이다. 이라크인은 자신의 조상들이 세계에서 가장 오래된 문명을 창조했다는 데에서 자부심을 느끼고 있다. 고작 이백 년의 역사밖에 없는 그까짓 나라가 우리를 어떻게 할 수 있겠느냐고 웃는다.

돌을 깎는 노인은 아무 말도 안 했지만, 수십 년 동안 쭈그리고 앉아 같은 일을 해왔음을 보여주는 그 모습에서 숭고한 위엄이 뿜어져 나왔다. 이 세상에는 착착 전쟁을 준비하는 나라가 있는 반면에, 묵묵히 유적을 보수하는 나라도 있다.

그 유적지를 나와 국도로 돌아가는 도중에 작은 다리를 건넜다. 하트라는 헬레니즘의 영향을 많이 받은 아랍의 무역도시였다. 사막의 한가운데 있지만 도시라면 반드시 필요한 식수 공급원을 여럿 가지고 있다. 그 가운데 하나가 도심지 바로 곁을 흐르는 강인데, 이 계절에는 물이 마른다. 그 마른 강 위에 다리 하나가 덩그렇게 걸려 있는 것이다.

작은 다리를 건너는 순간, 전쟁은 구체적인 이미지로 다가왔다. 2002년 11월 4일 오후, 이웃나라에 있는 미군 기지의 창고 속이나 해상의 항공모함 위에, 이 작은 다리의 좌표를 기억하는 순항미사일이 도사리고 있다. 멀지 않은 미래에 그것이 날아올라 푸른 하늘에서 일직선으로 낙하하여 폭발하면 이 다리는 부서지고 말 것이다. 그런 풍경이 선명히 떠올랐다. 내 눈앞에서 다리가 화염과 모래먼지와 함께 사라져가는 풍경이……

이라크 전역의 도시에 널려 있는 다리와 관청, 정유소, 발전소 등의 좌표를 기록한 무수한 미사일이 자기 순서를 기다리고 있다. 걸프전쟁에서 전국의 인프라가 파괴된 후, 경제 제재의 고통을 받는 이라크 국민이 손과 발로 다시 세운 시설들이 전쟁으로 무너져갈 것이다.

그리고 사람이 죽는다. 미사일과 폭탄을 맞아 즉사하는 사람도 있을 것이고, 식료품과 물과 의약품이 없어서 천천히 죽어가는 사람도 있을 것이다. 전쟁은 어린아이와 여자와 노인을 구별하지 않는다. 전쟁이 일어나면 이 나라는 그런 험한 꼴을 당해야 한다.

미사일을 발사하는 쪽은 결코 그 결과에 대해 생각하지 않는다. 그들 군인은 그 풍경을 상상하지 않도록 훈련받는다. 최근 이십 년 동안 군사기술은 비약적으로 발전하여, 인공위성의 정찰이나 컴퓨터 제어시스템과는 다른 차원에서 전쟁의 양상은 바뀌어버렸다. 상대를 보지 않고, 즉 아무런 죄책감도 느끼지 않고 사람을 죽일 수 있게 된 것이다.

미국의 상대는 사람이 아니다. 그들 미사일이 공격할 목표는 건조물 3347HG, 교량 4490BB 따위의 추상적인 기호일 뿐, 밀리암이라는 이름의 젊은 어머니가 아니다. 그러나 죽어갈 사람은 바로 그녀이다. 밀리암과 그 세 명의 자식이며, 그녀의 사촌인 젊은 병사 유세프이며, 그 아버지이며 농부 압둘이다.

나자프의 남쪽. 수확한 벼를 나르는 여자

미사일을 발사하는 미국 병사는 밀리암의 운명을 상상하지 않는다. 자신이 세상사에 너무도 무심한 사형집행인이라는 것도, 사람에 대한 무관심이 얼마나 냉혹한 일이라는 것도, 무조건적인 그 사형이 완벽한 오판의 결과라는 것도 알려 하지 않는다. 그러나 그녀의 손에 자란 토마토를 먹고 시장에서 그 웃음 띤 얼굴을 봐버린 나는, 그 죽음을 상상하면서 몸을 떨지 않을 수 없었다.

바그다드에서 두 개의 모스크를 보았다. 하나는 카지마인이라는 곳으로, 시아파의 성지라서 이라크 국내는 물론이고 저 멀리 이란에서도 신자들이 찾아오는 장소이다. 그 외에도 이라크에는 시아파의 성지가 몇 군데나 있고, 그곳을 순례하는 것은 메카를 순례하는 것 다음으로 중요한 종교적 행사이다.

이 모스크 앞에 주택지가 있다. 나는 거기서 만난 사람들이 보여준 느긋한 태도와 밝은 웃음에 감동하지 않을 수 없었다. 대부분 가족 단위로 여행의 피로도 아랑곳하지 않고 만족스런 표정을 하고 있었다. 여기 올 수 있어서 정말 행복하다는 느낌이 그냥 전해져왔다. 그들의 신앙은 기쁨이었다.

또 하나의 모스크는 〈싸움의 어머니〉라는 이름이 붙은 아주 정치적인 성격을 띤 곳이었다. 이제 막 라마단으로 들어선 금요일 낮,

여기에 발 디딜 틈도 없이 사람들이 모여들어 설법을 듣고 있었다.

아랍어로 하는 설법이라 그 내용은 알 수 없었지만, 애국심을 고취하는 과격한 발언이라는 것은 그 어투로 보아 짐작할 수 있었다. 게다가 텔레비전으로 전국에 방송하므로 정부의 의도에 따른 것임에 틀림없었다.

내가 이상하게 생각한 것은 말 없이 눈을 아래로 깐 채 설법을 듣는 남자들의 표정이었다. 여기는 모스크. 정치집회장이 아닌 신성한 예배당이므로 조그만 소리를 내는 사람도 없다. 때로 작은 소리로 기도를 올리는 사람이 있을 뿐이다. 종교와 관련된 정치 선전을 듣고 있는 그들의 얼굴에 떠오른 그 분위기를 대체 어떤 말로 설명해야 할까?

깊은 사색에 잠긴 듯한 표정. 그들은 그 설법을 듣고 전투의욕을 불태우고 있었을까, 아니면 전란과 경제 제재로 고통스러웠던 이십 년 세월을 떠올리고 있었을까. 젊은 사람들은 결전의 결의를 불태웠을까, 아니면 죽음과 부상에 대한 불안에 떨고 있었을까.

한 시간의 설법이 끝난 후, 수천 명의 신도들은 한 마디 말도 없이 조용히 발걸음을 돌렸다.

2001년 가을부터 『뉴욕 타임스』는 세계무역센터 빌딩의 피해자 한 사람 한 사람의 인생을 상세히 추적하는 연재기사를 게재했다.

테러건 전쟁이건, 죽는 사람은 가족이기도 하고 친구이기도 한 개인이다. 그러므로 철저히 테러의 피해자라는 입장에서, 죽은 사람의 시점으로 사태를 바라보는 것은 매우 중요하다. 그러나 같은 신문이 아프가니스탄 전쟁에 대해서는 추상적인 숫자로밖에 전하지 않는다. 미군 미사일의 사정거리는 끝도 없이 늘어나는데, 미디어의 시선은 전장에 이르지 못한다. 가면 볼 수 있을 죽음의 현장은 무시하고, 자국민의 불행만을 강조하는 미디어는 신뢰할 수 없다.

그러므로 나는 눈으로 보기 위해 이라크에 왔다. 바그다드에서, 모술에서, 이름 모를 마을에서, 사람들의 생활을 보았다. 음식을 먹고, 서로 상냥하게 대화를 나누고, 아기를 어르는 사람의 모습을 보았다. 마구 떠들어대면서 내달리는 어린아이들을 보았다. 그리고 미군의 폭탄이 이 아이들을 죽여야 할 근거는 어디에도 없다는 것을 확인했다.

일본으로 돌아와서도 많은 풍경이 떠올랐다. 니네베의 유적을 나서는데, 어린아이들이 놀고 있었다. 나는 차로 향하던 발걸음을 멈추고 그 아이들을 바라보았다. 여덟 살에서 열두 살 정도의 아이들. 꾀죄죄한 얼굴에 낡은 옷. 피부가 검은 탓에 더욱 빛나는 눈.

아이들은 노래를 부르기 시작했다. 나도 잘 아는 멜로디였다. 나도 모르게 세 걸음 정도 다가서서 이 멜로디를 어디서 들었더라 하고 생각하면서 허밍으로 따라 불렀다. 아이들이 나를 바라보았다. '어, 이 외국 아저씨도 이 노래를 알고 있네' 하는 눈길로.

나는 아이들의 눈높이에 맞게 쪼그려 앉았다. 아이들은 노래를 부르며 내게 다가왔다. 단순한 멜로디를 세 번 반복하면서 함께 불렀다.

노래가 끝나자, 키가 제일 큰 여자애가 나를 보며 방긋 웃었다. 그때서야 나는 그 노래의 제목을 떠올렸다. 〈프레르 자크〉라는 프랑스 동요였다. 첫 소절만 들어도 전 세계 사람이 그 뒷 소절을 따라 부를 수 있는 멜로디.

전쟁이란 결국 이런 아이들의 노랫소리를 공습경보 사이렌으로 지워버리는 일이다. 수줍은 웃음을 공포의 표정으로 바꾸어버리는 일이다.

그것을 정당화할 만한 근거가 어디에 있는지 나는 알지 못한다.

연표

1915년

제1차 세계대전 중, 영국은 오스만투르크로부터 아랍의 독립을 약속. 샤리프 후세인이 이끄는 아랍 혁명군은 영국의 지원하에 독립혁명을 일으킴.

1916년 5월 9일

영국은 전년도의 약속을 깨고 프랑스와 사이크스-피코 협정을 체결하여 오스만투르크의 분할을 논의.

1917년 11월

영국, 밸푸어선언으로 팔레스타인 땅에서의 유대인 건국을 지지.

1920년

산레모회의 결과, 이라크는 영국의 위임통치하에 들어감.

1921년 8월

영국, 파이살 국왕을 세워 입헌군주체제를 수립.

1932년

파이살 국왕, 이라크 독립을 이룩.

1948년 5월 14일

이스라엘 건국선언.

5월

제1차 중동전쟁에서 연합군이 패배. 이스라엘은 영토를 확장한 반면, 90만 이상의 팔레스타인 난민 발생.

1956년 10월 29일

이스라엘이 이집트를 침공하여 제2차 중동전쟁 발발.

1958년 7월 14일

카셈 장군이 이끈 이라크혁명으로 하심왕정 붕괴, 공화정 수립.

1963년 2월 8일

바트당 세력에 의한 쿠데타로 카셈정부 붕괴.

1968년 7월 6일

제3차 중동전쟁 발발.

7월 17일

바트당 정권 장악.

1972년

이라크, 석유국유화.

1973년 10월 6일

제4차 중동전쟁 발발. 제1차 석유파동.

1979년 7월

사담 후세인 대통령 취임.

12월 17일

호메이니가 이끈 이란혁명으로 팔레비왕조 붕괴, 이란이슬람공화국 수립.

12월 27일

소련, 아프가니스탄 침공.

1980년 9월 9일

이라크의 선제 공격으로 이란-이라크 전쟁 발발.

1981년 6월 7일

이스라엘 공군기, 이라크 원자력센터를 폭격.

1988년 8월 20일

이란의 호메이니, UN의 정전결의안을 수락하여 이란-이라크 전쟁

정전.

1989년 1월 20일

조지 W. 부시, 제41대 미국 대통령에 취임.

1990년 8월 2일

이라크, 쿠웨이트 침공.

8월 8일

부시 대통령, 사우디아라비아 방위를 명목으로 의회승인을 거치지 않고 4만의 병력을 페르시아만에 파병하기로 결정. 〈사막의 방패〉 작전. 이라크는 쿠웨이트 병합을 발표.

1991년 1월 17일

미국 대공습. 〈사막의 폭풍〉 작전 돌입하면서 걸프전쟁 시작. 이후 42일간 하루 평균 2000회에 걸친 공중폭격을 감행, 이라크의 주요시설을 거의 파괴. 동시에 이라크와 쿠웨이트, 사우디아라비아에 약 300~800톤의 열화우라늄탄을 투하.

1월 25일

원유를 덮어쓴 물새가 보도됨. 미국은 이라크의 환경테러라고 비난했으나 나중에 미국의 자작극임에 드러남.

2월 24일

미국, 전면 지상전 전개. 〈사막의 칼〉 작전.

2월 27일

이라크, 안보리 결의안 수락을 전달. 부시 대통령, 군사작전중지를 선언.

3월

이라크 남부에서 시아파, 북부에서 쿠르드족의 반란이 표면화

4월 6일

이라크, UN 정전결의안 정식 수락.

5월 19일

램지 클라크 전 미국 법무장관, 미 대통령 등을 전범죄로 고발.

1992년 5월

정전 후의 이라크 민간인 사망자 15만 명을 넘은 것으로 추정. 희생자 대부분은 어린이로 밝혀짐.

6월 9일

UN 무기사찰단(UNSCOM)이 사찰을 시작함.

7월

UNSCOM, 화학병기와 그 생산시설의 폐기를 개시.

8월 27일

미영프, 북위 32도 이남의 이라크 시아파 거주지구를 '시아파 보호'를 위한 '비행금지구역'으로 지정함. 이전에 설정된 북위 36도 이북의 비행금지지역과 마찬가지로 UN의 휴전조약에도 제재규정에도 없는 일방적인 조치.

1993년 1월

미국 CIA 요원에 의한 이라크 내 스파이 활동이 발각됨.

1월 20일

빌 클린턴, 제42대 미국 대통령에 취임. 취임 다음 날부터 연속 사흘
간, 이라크 군의 대공포진지를 공격.

1997년 10월

UNSCOM, 화학병기 제조 관련 설비의 파괴를 완료.

1998년 7월 27일

국제원자력기구(IAEA), 이라크의 '핵보유 가능성 없음'이라는 보고서
를 UN 안보리에 제출.

12월 15일

UNSCOM 위원장, 이라크가 사찰에 비협조적이라는 보고서를 제출.

12월 17일

〈사막의 여우〉 작전으로 미영군, 이라크 공격. 20일까지 97개소에 대한
걸프전쟁을 넘어서는 순항미사일 공격. 바바라 리 미 하원의원, 공격반
대 성명.

12월 19일

걸프전쟁과 이후의 경제 제재로 100만 명 이상의 이라크인이 사망한 것
으로 유니세프 추정.

1999년 1월 10일

UNSCOM 리처드 버틀러 위원장, 이라크 당국에 대한 도청활동을 인정함.

2001년 1월 20일

조지 W. 부시, 제43대 미 대통령에 취임.

9월 11일

9·11 테러 사건 발생

2002년 1월 19일

부시 대통령, 이라크, 이란, 북한을 '악의 축'이라 비난함.

5월 26일

부시 대통령, 미 정부의 정책으로서 후세인에 대한 단독 공격을 표명.

9월 28일

이라크 공격 반대 데모, 런던에서 40만 명, 로마에서 10만 명 참가.

10월 1일

이라크, 사찰에 대하여 UN과 합의. 대통령 관련 8개 시설을 제외한 모든 시설의 무조건 무제한 사찰을 수용함. 미, 쿠웨이트와 합동연습 개시.

10월 8일

버클리 시의회, 대 이라크 전쟁 반대 수정안을 지지하는 결의안을 만장일치로 가결.

10월 11일

미 하원, 무력행사 용인 결의안을 296대 133으로 가결. 카터 전 대통령 노벨 평화상 수상. 노벨상 수상위원회, 부시 정권을 비난.

10월 12일

미 하원, 무력행사 용인 결의안을 찬성 77, 반대 23으로 가결.

10월 15일

후세인 이라크 대통령의 재신임을 묻는 국민투표 실시.

10월 21일

미국, UN 안보리 상임이사국에 대해 새로운 결의안을 정식으로 제안(결의 채택으로부터 7일 이내의 수락, 30일 이내의 신고를 이라크에 요구하고, 응하지 않을 때는 단독 무력행사를 시사하는 '심각한 결과' 를 경고). 프랑스, 러시아는 이 안에 강하게 반발.

10월 23일

대 이라크 공격에 관한 결의안, 미영 공동으로 안보리에 제안하여 협의에 들어감.

10월 24일

프랑스, 독자적인 안보리 결의 초안을 상임이사국 일부와 전 비상임이사국에 제시. 미영이 단독 판단으로 무력행사를 할 수 있는 여지를 약화시키고, 실행 가능한 사찰을 중시하는 내용.

10월 25일

미중 수뇌회담에서 장쩌민 주석, UN의 틀 안에서 정치적 해결을 요구.

10월 26일

반전 데모. 베트남 반전 데모 이래로 최대 규모로 워싱턴에서 20만 명, 샌프란시스코에서 10만 명, 베를린에서 3만 명 참가.

부시 대통령, 안보리 협의가 결렬될 경우, 단독 무력행사를 강행하겠다고 의사 표명.

10월 28일

UN 감시검증사찰위원회(UNMOVIC) 블릭스 위원장, 미영안을 받아들이면서 안보리의 뜻을 존중해줄 것을 요청.

10월 29일

이라크, 미국의 새로운 결의안을 '선전포고와 같다'고 강하게 비난.

10월 30일

안보리, 이라크에 대한 경제 제재를 경감하는 6000항목의 인도적 물자 지원을 승인.

시리아 외무장관과 러시아 특사 회담, 미국의 전쟁 위협에 대한 거부를 다시 표명.

11월 4일

후세인 대통령, 새 결의안 수용을 조건부로 표명. 'UN헌장과 국제법의 존중', '미국의 악의를 숨기지 말 것' 등의 내용.

11월 5일

미 중간선거, 공화당 상하 양원에서 과반수 확보. 부시 승리선언.

11월 8일

UN 안보리, 대 이라크 신결의 1441을 만장일치로 채결하고, 7일 이내에 수락을 요청. 일본과 중국, 프랑스는 결의안을 받아들이고, '자동적 무력행사를 배제했다'는 공동성명을 냄.

11월 9일

피렌체에서 열린 이라크 공격에 반대하는 반전 데모 참가자가 50만을 넘음.

11월 12일

영국의료종사자단체 메닥트, 개전 시의 사망자를 46만으로 추정하는 보고서 발표.

11월 13일

사브리 이라크 외무장관, 아난 사무총장에게 서간제출. 안보리 결의 1441의 무조건 수락을 표명.

11월 15일

블릭스 위원장, 사찰을 27일에 재개할 것임을 발표. 사전통고 없이 7000개소를 포함시킴.

영국 여론조사에서 삼분의 일이 '미 대통령이 세계평화를 위협'한다고 답함.

11월 17일

럼스펠드 미 국방장관, 대 테러 전쟁용으로 소형 핵폭탄을 개발하고 있다고 발표.

11월 19일

이라크, UN 사찰단과의 사전협의로, 통고 없는 사찰도 포함하여 전면적인 협력을 표명. 결의안에 따라 12월 8일까지 대량살상무기 개발에 관한 보고를 약속.

11월 20일

미국, 우호적인 50개국에 대 이라크 군사행동의 협력을 요청하고, 각국 정부에 회답을 요구.

11월 22일

아랍 외상 회의, 사찰 수행을 위해 미국의 이라크에 대한 위협 중지를 요청하는 성명 발표.

11월 25일

블릭스 위원장, 대량살상무기를 모두 폐기시켰다는 이라크의 주장을 안보리에 보고.

엘바라데이 IAEA 사무총장, 사찰을 통한 평화적 해결이 가능하다고 평가.

FBI, 미국 내 이슬람교도의 범죄가 전년도에 비해 17배에 달하는 481건으로 증가했다고 보고.

11월 27일

UN 사찰 재개. IAEA와 UNMOVIC 소속의 사찰단을 이끈 페리코스 사찰팀장은 '이라크는 우리가 원하는 것을 모두 보여줬다'면서 이라크의 협력을 높이 평가.

11월 30일

오스트레일리아 각 도시에서 이라크 공격에 반대하는 데모가 열림. 시드니에서 1만 명 참가.

이탈리아, 9월부터 집계한 이라크 공격반대 서명자 수가 33만 명을 넘어섰다고 발표.

12월 2일

UN 사찰단, 이라크 측의 협력하에 바그다드의 대통령궁을 사찰.

12월 7일

이라크, 대량살상무기 개발에 관한 신고서를 바그다드 UN 사찰단에 제출. 대량살상무기의 소지 부인.

12월 9일

카터 전 대통령, 노벨평화상 수상식 인사에서 미국에 대해 UN을 통한 해결을 요망.

12월 10일

미국, 핵 선제공격을 국가전략으로 하는 보고서 '대량살상무기에 대한 국가전략'을 발표.

12월 14일

미군의 여중생 압살 사건을 항의하는 한국 국민의 평화대행진, 서울에서 10만 명 참가.

12월 15일

엘바라데이 IAEA 사무총장, 현시점에서 이라크의 핵무기제조 증거는 없다고 증언.

12월 19일

안보리 비공식 협의 개시. 블릭스 위원장, 이라크 신고서의 최초 평가 보고. 기재불비를 지적하면서도 계속적인 사찰을 통해 평화적 해결이 가능함을 시사. 파월 장관, 미국 독자적인 평가 발표. 이라크 신고서의 불비를 중대한 결의위반이라고 비난.

12월 20일

부시 대통령, 신고서 불비를 이유로 페르시아만의 미 병력을 11만 명으로 증가시킬 것이라는 방침을 발표.

이 연표는 다음 사이트에 게재된 것을 제작자의 허락을 얻어 전재한 것이며, 지면 사정으로 일부 생략하였다. 이 사이트에는 보다 상세한 연표가 있고, 계속 새로운 내용으로 업데이트되고 있다.

홈페이지 〈폭탄은 필요없다, 어린이에게 내일을〉

http://homepage2. nifty.com/mekkie/peace/iraq/index.html

후기

이라크에서 돌아온 지도 일곱 주가 지났다. 모술에서 초승달이 뜰 때 시작된 라마단이 달이 바뀌면서 끝났다. 그리고 나는 지난주에 둥근 달을 보았다. 사찰이 막마지에 이른 지금, 이라크 정세는 긴박감을 더해 가고 있다. 미국 정부는 공격의 구실을 찾는 데 혈안이 되어 있다.

일본에서는 이지스함이라는 고성능 군함이 페르시아만으로 향했다. 거의 아무런 논의도 없이 일본은 이 전쟁에 참가하기로 결정했다. 북한 문제에 비해 일본인들의 이라크에 대한 관심은 거의 없는 것이나 다름없다. 유럽에서, 미국에서, 수십 만의 시민이 참가한 반전 데모가 벌써 몇 번이나 벌어지고 있는데도, 일본인의 데모 참가는 미미하다. 신문조차 남의 일처럼 관심도 두지 않는다. 세계의 모습이 크게 바뀌려 하는 지금, 일본인은 모른 척 눈길을 돌리고 있을 따름이다.

본문에서 나는 전쟁이 일어나면 죽어가는 사람은 이라크의 보통 사람들이라고 하였다. 그러나 이번에 미국은 미사일 폭격뿐만 아니라 지상군도 투입한다고 한다. 따라서 미군에도 사상자가 속출할 것이다.

간단히 말해 전쟁이란 사람의 생명이 아무런 의미도 없이 죽는다는 것을 의미한다. 그러므로 외교적 노력으로 피할 수 있으면 반드시 피해야 한다. 파월 국무장관은 평양에 가지 않았던가. 그런데 왜 이라크에는 가지 못하는가.

이것은 제2차 세계대전과 같은 대국간의 전쟁이 아니다. 지금 이라크는 어떤 의미에서도 미국의 위협이 될 수 없다. 전쟁을 벌여야 할 명분도 없다. 그럼에도 불구하고 각국은 이 전쟁을 멈추게 할 힘이 없다. 이 전쟁을 멈추게 할 수 없다면 앞으로 이어지는 전쟁도 멈추게 할 수 없을 것이다. 앞으로 국제정치는 협상과 논의가 아니라 무력에 의해 움직이게 될 것이다.

나시리야의 거리에서 한 남자가 로터리에 깔린 돌에 흰색과 녹색 페인트칠을 하고 있었다. 달리는 차 속에서 잠깐 보았을 뿐이지만, 페인트 통에 담궜다 꺼낸 붓을 움직이는 그 손동작을 나는 선명히 기억하고 있다. 세상 어디에서건 사람이 하는 일에는 별 차이가 없다. 자신과 가족과 이웃들이 안락하게 살아갈 수 있게 노력하는 것이 우리의 일상이다. 그 외에 무엇이 있단 말인가.

나는 아직 전쟁을 피할 수 있다는 희망을 가지고 있다.

2002년 12월 크리스마스 아침 오키나와에서

이케자와 나츠키(池澤夏樹)

역자 후기

이라크 전쟁이 끝났다. 미국의 발목을 잡고 오래오래 싸워달라고, 피 흘릴 일이 전혀 없는 방관자의 무책임하면서도 대책도 없는 바람으로 나는 매일 여러 채널의 뉴스를 바라보고 있었다. 한편으로는 잘된 일인지도 모른다는 생각도 든다. 어차피 질 전쟁, 빨리 포기하는 편이 많은 생명의 안녕을 위해 좋은 일이기 때문이다. 후세인이란 사내가 미국과 밀거래를 했는지는 잘 모르겠지만, 그 정치적 지도자야 어떻든 무슨 상관인가. 그 땅의 진정한 주인들의 행복한 삶과 자존심이 문제일 따름이다. 그들이 이제 어떤 심정으로 어떤 미래를 설계해 나갈지 참으로 궁금하고, 걱정스럽다.

이 책의 역자이면서 독자인 나는 이라크 사람들에 대한 어떤 구체적인 이미지도 갖고 있지 않았다. 나뿐만 아니라 우리 대부분은 아직 '이라크'라는 국가의 명칭과 관련된 사람, 문화, 자연환경, 사회 등에 대한 구체적인 이미지를 갖고 있지 못하다. 그 나라에 가본 사람이 별로 없고, 그 나라 사람을 만나보지 못했고, 그 나라 사람이 지은 책도 읽어보지 못했으니 어쩌면 그런 무지가 너무도 당연한 것인지도 모른다.

나는 텔레비전 화면에 나오는 그 황량하고 메마른 풍경을 바라보면서, 저런 땅에서 저 사람들은 무슨 농사를 어떻게 지어 무엇을 먹고 사는지, 궁금하다 못해 신기하다는 생각까지 했다. 그러나 바그다드 시가지를 가로질러 흐르는 강을 보고, '아, 저 강이면 너른 농지가 있겠구나' 하는 생각을 했다. 그리고 미군의 진격 루트를 해설하는 가운데서 나오는 남부의 습지라는 말에, '아, 그렇지, 저 나라가 바로 메소포타미아 문명의 발상지였어, 그러니 큰 강이 있고 습지가 있는 거야' 하고 무릎을 쳤다. 화면을 가득 채운 황량한 풍경과는 어울리지 않게 그 나라는 사람이 풍요를 누리기에 충분한 자연환경에 둘러싸여 있는 것이다. 그러면서 나는 그런 살풍경한 화면만 내보내는 방송들에 불만을 가졌다. 한두 번쯤은 강과 풍요로운 농지와, 나무와 풀과 동물과 가축과, 사람들이 오가는 저잣

104

거리를 밀도 있게 보여주어도 될 텐데 하고.

그러던 중에 이 책을 만났다. 출판사에서 번역의뢰가 들어와서 읽기 시작했는데, 저자의 문명을 바라보는 시각이 따스한 온기와 함께 가슴으로 전해져오는 글이었다. 사람의 손짓, 초롱한 눈망울, 친절, 노랫소리, 미국, 추수하는 여인, 작은 다리, 로터리, 손때 묻은 헌책, 석유, 구운 닭, 희망을 이야기하는 대학생, 피클, 사진, 돌을 쪼는 노인, 지폐, 이스라엘, 가이드 겸 감시원, 기도, 낡은 택시, 지식인…… 이 짧은 글에 나오는 이런 말들이 '이라크'라는 추상화를 생동감 넘치는 구체적인 생명체로 바꾸어놓는다. 문명을 논하는 입장에 선 사람은 어떻든 하나의 이론적 틀로 자신을 무장해야 한다. 그러나 그에 앞서 사람을 바라보는 눈을 가져야 한다는 것을 저자는 참으로 조용한 어투로 웅변하고 있다. 곁에서 체온을 느끼며 이야기를 나누어보고, 손을 잡아보고, 그들이 서고 앉고 눕는 땅과 집과 카펫의 감촉을 느껴보고, 그들의 혀를 적시는 물과 배를 채우는 음식의 맛을 음미해야 한다고. 하늘의 공기를 마시고 땅 위의 풍경을 온몸으로 보고 느껴야 한다고.

읽다 보니 나도 이라크 사람을 좋아하고 싶은 감정이 일었다. 그런 순진한 촌놈들이 사는 곳을 미국이 폭탄으로 마구 유린하다니

저런 나쁜 놈들……그런 단순한 격정이 일기도 했다.

이라크는 이제 뉴스의 뒤안길로 점점 밀려나고 있다. 북한의 핵
문제가 서서히 뉴스의 중심지로 들어서고 있는 것 같다. 이라크건
북한이건, 뉴스를 제조하는 쪽은 미국이다. 이라크 전쟁을 통해 우
리는 미국의 힘을 보았다. 까불다가는 무슨 꼴을 당할지 모른다는
생각을 하지 않았다면, 그 사람은 어딘가 좀 둔하다. 저들은 한번
한다면 하는 사람들이 아닌가. 국제관계에 조금이라도 관심이 있
는 사람이라면, 미국의 대외군사정책 가운데에 이라크를 치고 난
다음에는 북한이라는 그들의 오랜 노선에 대해 들어본 적이 있을
것이다. 북한도 물론 바보가 아닌 만큼 그런 사실을 잘 알고 있고,
그래서 '핵'이라는 극약을 손에 들고 방어태세를 취하고 있다. 북
학은 당연한 자기방어 노력이라고 생각하는 듯하다.

전세계가 미국에 겁을 먹었다. 제법 입바른 소리를 해대던 프랑
스도 지금 꼬리를 내렸다. 미국은 프랑스를 어떻게 제재할 것인가
생각하고 있다고도 한다. 대단한 미국이다. 그렇게 힘이 있는 미국
이기에, 앞으로 그 나라는 인간에 의해 조장되는 세계적 재난의 진
원지가 될 가능성이 많다. 우리가 생각하는 것보다 훨씬 더 미국은

재정적자로 골머리를 썩이고 있다고 한다. 미국경제가 대단히 위험하다는 말이다. 경제 감각이 탁월하기로 유명한 중국이 외환보유고의 많은 부분을 달러에서 유로로 바꾸기 시작했다는 소식을 접하기도 한다. 경제적 어려움과 세계 제패의 시나리오를 가진 강경보수파의 득세가 시류를 잘 타면, 앞으로 무슨 일을 벌일지 모른다. 동족들이 사는 북한이란 나라를 이웃에 둔 내(우리)가 그 미국의 동향에 관심을 가지지 않을 수 없는 이유이다.

저자의 '희망'에도 불구하고 미국은 이라크를 쳤다. 그리고 간단히 이겼다. 사진 속에 있는 순진무구한 눈망울의 이라크 어린이 중에 누군가는 이제 이라크에 가도 다시 만날 수 없을지 모른다. 많은 이라크인의 자존심은 무참히 짓밟혔다. 군정을 실시한다고도 하고, 친미정부를 세운다고도 한다. 문화재가 약탈당하고, 고위직 인사들의 저택에서 달러 뭉치가 발견되었다고도 한다. 그러나 미국이 전쟁의 명분으로 내세웠던 집단살상무기를 발견했다는 소식은 아직도 들려오지 않는다. 어차피 미국은 명분이 필요했을 뿐, 전쟁을 치르고 승리를 얻은 지금에야 그런 명분이 맞았건 틀렸건 아무 상관이 없을 것이다. 그 명분의 진위를 따지면서, 미국을 재판하겠다고 나설 나라는 이 지상에 없기 때문이다. 그들은 이제 어떤 새로운 명분을 찾으려 할까. 미국의 대표가 베이징에서 지금, 북한 핵 문제로 회담을 하고 있다.

2003년 4월 24일

양억관

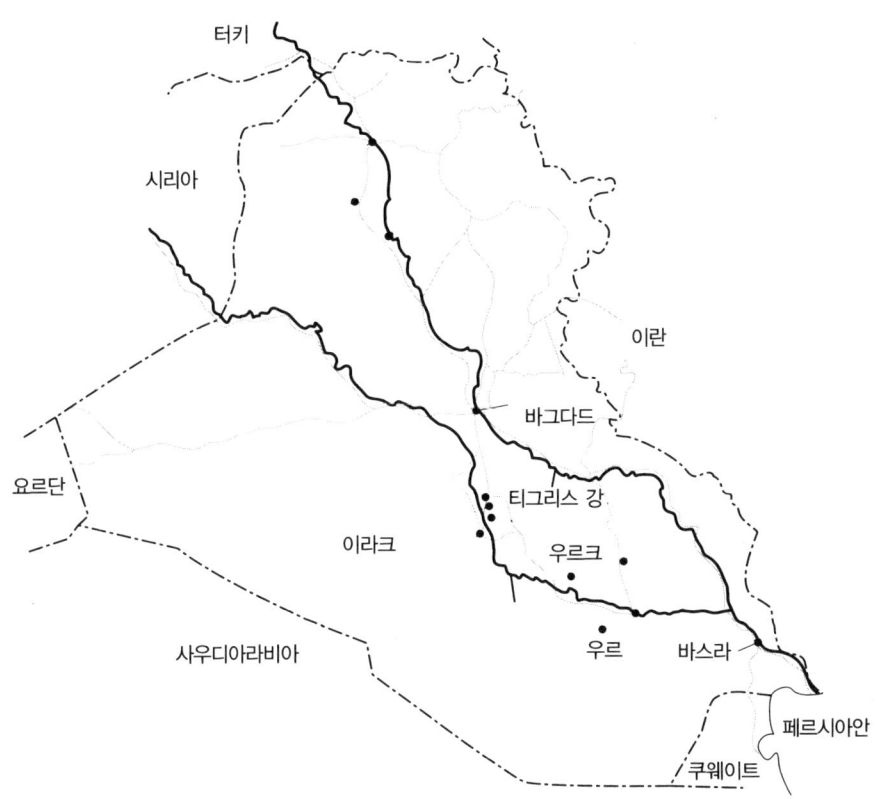

터키

시리아

이란

요르단

이라크

바그다드

티그리스 강

우르크

우르

바스라

사우디아라비아

페르시아안

쿠웨이트

옮긴이 **양억관**

1959년 울산에서 태어나 경희대학교 국문학과와 동대학원을 졸업했다.
현재 전문 번역가로 활동하고 있으며 옮긴 책으로는 『물은 답을 알고 있다』
『중체서용의 경세가 증국번』 『항우와 유방』 『달콤한 악마가 내 안으로 들어왔다』
『냉정과 열정 사이』 『나의 인생은 영화관에서 시작되었다』 등이 있다.

KI신서 514

이라크의 작은 다리를 건너서

초판인쇄 2003년 4월 25일
초판발행 2003년 5월 7일

글 이케자와 나츠키
사진 모토하시 세이이치
옮긴이 양억관
기획·편집 변지영

펴낸곳 (주)북21
펴낸이 김영곤
영업 김중현·안경찬·김진갑·박성인·박진모 ·장유진

출판등록 2000년 5월 6일 제 10-1965호
주소 서울시 마포구 서교동 464-41 미진빌딩 2층(121-841)
전화 336-2100 팩스 336-2151
이메일 book21@book21.co.kr 홈 페이지 www.book21.co.kr

값 7,500원
ISBN 89-509-0580-9 13840

＊이 책의 수익금 중 1%는 반전평화 네트워크를 통해 이라크 어린이들의 의료비 지원 기금으로 쓰입니다.